면벽

시작시인선 0292 면벽

1판 1쇄 펴낸날 2019년 5월 24일
지은이 강세환
펴낸이 이재무
책임편집 박은정
편집디자인 민성돈, 장덕진
펴낸곳 (주)천년의시작
등록번호 제301-2012-033호
등록일자 2006년 1월 10일
주소 (03132) 서울시 종로구 삼일대로32길 36 운현신화타워 502호
전화 02-723-8668
팩스 02-723-8630
홈페이지 www.poempoem.com
이메일 poemsijak@hanmail.net

ⓒ강세환, 2019, printed in Seoul, Korea

ISBN 978-89-6021-428-6 04810
       978-89-6021-069-1 04810(세트)

값 9,000원

면벽

강세환

천년의시작

시인의 말

「면벽 1」부터 시작한 이 연작 시집은 작년 가을 탈고할 때까지 십여 년 동안 틈나는 대로 어떤 '벽면'과 면벽한 결과물이다. 그러나 그 '면벽'이 딱히 무엇을 위한 것은 아니었다. 시야말로 무엇을 위한 것도 무엇을 주고받는 것도 아니지 않은가. 다만 그런 허전한 형식이 시의 형식이고 시인의 형식일 것이다. 아니다 차라리 지금 이곳에서 시는 패배하고 시인도 패배할 뿐이다. 그 패배의 순간이 곧 시의 순간이고 시인의 순간일 것이다. 그럼에도 불구하고 사소한 것에 연연하던 나의 감수성이여! 불쌍하고 때론 아무 실속도 없는 나의 통찰력이여!

내 시 초고의 첫 독자로서 그때그때 촌평을 달아준 아내에게 이 시집을 먼저 주고 싶다. 그녀의 말 한마디에 힘을 얻은 적도 있었지만 풀이 죽은 적도 많았다. 시도 시인도 시인의 아내도 불가피한 순간들이었을 것이다. 아름답고 또 슬픈 순간들……

2019년 봄
강세환

차 례

시인의 말

제2부

제4부

해 설

제1부

면벽 55
—광장

그는 광장에 있었다
그러나 광장은 광장이 아니었다
밀실도 아니었다
광장엔 촛불도 있었고 횃불도 있었다
그녀도 광장에 있었다
그러나 광장은 광장이 아니었다
밀실도 아니었다
광장엔 구호도 있었고 깃발도 있었다
광장엔 노래도 있었고
십일월도 있었다
그러나 광장은 광장이 아니었다
광장엔 광장이 없었다
광장엔 거대한 침묵이 있었고
어둠이 있었다
여기서부터 다시 시작하자
촛불 하나 들고!

면벽 56
―그날

그날 당신의 등 뒤에서 촛불 하나 들었다
화염병도 아니고 죽창도 아니고
촛불 하나 들었다
토요일마다 촛불 하나 들었다
시위 한 번 한 적 없는 집사람도
촛불 하나 들었다
정육점 사장도 미장원 원장도
가게 문을 닫고 촛불 하나 들었다
난생 처음 국가원수를 대놓고
거칠게 욕하는 노인도 있었다
그도 촛불 하나 들었다
음식점은 비었고 치킨집도 영화관도 쌀집도
텅텅 비었다
누군가는 황소를 끌고 왔다
그도 촛불 하나 들었다
비로소 촛불 하나가 빛이 되었다

면벽 57
―그러나 우리는

토요일 아침 비둘기는 먹이를 찾고
구름은 바람의 방향으로 흘러가고 있었다
우리는 모두 다른 곳을 보고 있었다
우리는 모두 다른 생각을 하고 있었다
오늘 아침 마실 차 한 잔
오늘 먹을 점심 한 끼

그러나 우리는 한곳을 보고 있었다
광장에서 우리는 모두 하나의 생각을 할 수 있었다

저기 앉아있는 한 사람
그 옆에 또 그 옆에 앉아있는 한 사람
그들은 모두 같은 방향으로 앉아있었다
그들의 시선은 모두 같은 곳이었다
그들의 생각도 모두 같은 것이었다

백만 개의 촛불과
또 하나의 촛불
희망은 희망이 사라진 곳으로부터
절망도 절망이 사라진 곳으로부터

면벽 58
—그러하듯

술 마시면 술이 그러하듯

담배 끊으면 담배가 그러하듯

육십갑자 한 번 돌고 나면 육십갑자 그러하듯

사랑하면 사랑이 그러하듯

인연이 다하면 인연이 그러하듯

숨 끊으면 숨이 그러하듯

중랑천 흐르는 물이 그러하듯

불암산 산 그림자가 그러하듯

내가 그러하듯 네가 그러하듯

의미는 무슨 의미

의미 같은 것 없고

꽃 피었다 지듯 꽃이 그러하듯

사나흘 동안 바다만 바라보듯

꽃그늘 풀어놓듯 꽃그늘 한편!

구름 떠가는 곳에 떠가는 구름 하나!

간밤에 불던 거센 바람 그러하듯

영산홍 피었다 지듯

면벽 59
—첫눈

김수영의 시 「거대한 뿌리」를 다시 읽은 것과

설악산 첫눈 문자메시지 뜬 것과

마을버스 잠시 멈춘 것과

저 운동장 끝 겨울 모과나무 다 털렸다는 것과

붉은 단풍나무 아래 빈 벤치와

불암산과 오대산 북대北臺의 성긴 눈발과

주말 광장 날씨와 예민한 시와

더 예민한 시인과 도저히 수긍할 수 없는 당면한 현안과

한국 현대사와 한국 현대문학과

삶의 무의미함과 무의미한 삶이라는 것과

시인은 이해할 수 없는 구석이 너무 많다는 것과

시인도 그저 평범한 인간이 되어간다는 것과

시가 향하는 곳은 시인 자신이라는 것과

시도 시인도 더 이상 외로울 것도 괴로울 것도 없다는 말씀과

이제 아무도 시와 시인을 거들떠보지 않는다는 것과

그리고 당신의 시 한 줄 같은

첫눈!

면벽 60
— 물

나는 갑자기 물소의 물이 생각났고
물결무늬의 물결도 생각났다
물푸레나무의 물푸레도 생각났고
물밑이라는 물밑도 생각났다
물그림자의 물을 생각했고
물때라는 말의 물때를 생각했고
물때와 관련된 물도 생각했다
그리고 물 먹은 날의 물도 생각났고
물 먹은 물의 물도 생각했다
무엇을 위해 먹은 물이었을까?
책상에 엎질러진 물도 생각났다
방금 엎질러진 물도 물이었을까
어디에 닿지 못하고 웅크리고 있던
물
되담을 수도 없는 물
그러므로 물이다

면벽 61
—양말

출근 전 양말 신으려다 무늬 결이 다른 한쪽을 벗고
다른 걸 신었다 이번엔 색상이 달랐다
색상이 같은 한쪽을 찾아 다시 신고 나왔다
내려다보니 색상이 똑같아졌다
구두를 신으려다 복사뼈쯤 상표도 같고
색상도 같은데 또 무늬 결이 달랐다
출근 후 쪼그리고 앉아서 더 자세히 들여다보면
상표도 같고 색상도 같고 무늬 결만 좀 달랐다
아무도 남의 구두 속
양말 무늬 결을 비교할 사람은 없을 것이다
양말 무늬 결이 조금 다른가 하고 눈여겨볼 사람도 없다
나만 또 들여다보고 눈여겨볼 뿐이었다
쓸데없는!

면벽 62
―복잡한 나무

밤의 나무 저녁 어스름 무렵 나무

달빛의 나무 흐릿한 나무

더 흐릿한 나무

호젓한 나무

더 호젓한 나무

잡다한 나무 아련한 나무

애틋한 나무 체념의 나무

관념의 나무 정념의 나무

묵념의 나무 상념의 나무

무료한 나무

또 무료한 나무

고개 떨어뜨린 나무

고개 다 떨어뜨린 나무

주저앉은 나무

그는 그랬다

면벽 63
—먼나무

제주도에 가면 먼나무를 만날 것이다
이번엔 김광렬 시인보다
애월읍 오름보다
먼저 먼나무를 찾을 것이다

먼나무를 안아보기도 할 것이다
먼나무와 하룻밤을 보낼 것이다
더 먼 곳에 있는
추사 김정희의 늙은 소나무도 생각할 것이다
먼나무와 나는 무엇을 주고받을까

어디서 마주치거나 어긋나거나

면벽 64
—12월의 나무

12월의 나무 헐벗은 나무 말 없는 나무
어두운 나무 황홀한 나무 외로운 나무
혼자 서있는 나무 우울한 나무
고요한 나무 쓸쓸한 나무
슬픔의 나무 고통의 나무
세월의 나무 눈물의 나무
허무의 나무 궁핍의 나무
무념의 나무 침묵의 나무
순정의 나무 그해 12월의 나무
단순한 나무 불쌍한 나무
명료한 나무 수척한 나무
더 외로운 나무
혼자 우두커니 서있는 나무
딱히 바라볼 것도 없는

면벽 65
―텅 빈 나무

텅 빈 나뭇가지 사이 허공

그 허공의 또 먼 곳

그 허공 끝의 수락산 자락

그 수락산 자락에 붙어있던 저 불암산

그 불암산 끝 저 허공

다시 텅 빈 나뭇가지 허공

목련 피었던 텅 빈 나뭇가지

텅 빈 나뭇가지의 붉은 단풍나무

주먹만 한 모과 한 움큼

저 모과나무 텅 빈 나뭇가지

텅 빈 나뭇가지의 시 한 줄

다시 텅 빈 매화나무

그 텅 빈 나뭇가지의 텅 빔

허와 공 사이

교무실 창밖으로 내다본 저 30여 년

아무것도 아닌

아무것도 없는

면벽 66
―저 나무는

낯선 나무 처음 보는 나무 저 나무는
오랜만에 보는 나무 생전 처음 보는 나무
다음에 보지 못할 나무

아름다운 나무 어색한 나무 저 나무는
오슬오슬한 나무 물가의 나무
이름 모를 나무 눈앞에서 선해지는 나무
거꾸로 선 나무

화들짝 놀라는 나무 저 나무는
복면의 나무 가면의 나무
검은 나무 흰 나무 상심한 나무 조용한 나무
가슴 뻥 뚫린 나무 안쓰러운 나무

저기 구부정한 나무 저 나무는
정한 나무 뒤돌아보게 하던 나무
한 번 더 뒤돌아보게 하던
눈앞에 선한 나무

서로 마주보고 사는 저 나무는

면벽 67
—상원사 길

상원사 길은 전나무 천지였다
가도 가도 전나무뿐이었다
돌아서도 전나무뿐이었다
분비나무 천지였다
가도 가도 분비나무뿐이었다
돌아서도 분비나무뿐이었다
또 신갈나무 천지였다
가도 가도 신갈나무뿐이었다
돌아서도 신갈나무뿐이었다
또 자작나무 천지였다
가도 가도 자작나무뿐이었다
돌아서도 자작나무뿐이었다
나무 나무 나무……
강원도 오대산 상원사 길
나는 아직도 저 나무가 낯설다
그러나 나도 나무가 되어간다

"이 주장자柱杖子는 무슨 나무였던가?"
"저 낮달은 그대 것인가?"

면벽 68
—오래된 책

아주 오래된 책을 손바닥에 올려놓았다
겉표지부터 바삭바삭 부서질 듯
오래된 나무 같은 웬 파피루스?

단기 4287년 9월 20일 발행

가격 300환圜

『시창작법』*

서정주 박목월 조지훈 공저

선문사

서울시 내수동 228번지

그들은 그곳에 모여있었다

그들은 그곳에 살고 있었다

* 본서는 해방 직후 발간되어 절찬리에 수 판을 거듭하던 중 6·25로
지형 소실, 이에 새로 조판하여 발간함.

면벽 69
—갈매나무

이상은 자식을 두지 못했고
소월은 월남한 아들 하나와 북에 오 남매를 뒀고
김종삼은 딸만 둘이고
김수영은 아들 둘이고
박용래는 딸 넷 아들 하나 뒀고
김관식은 아들 둘 딸 셋이고
김남주는 아들 하나 뒀고
백석은?
윤동주는 혼자였고
이중섭은 아들 둘 일본에 뒀고
김영태는 아들 둘 미국에 살고
만해는 딸 하나
이육사는 딸 둘 아들 하나
임화는?
박태원은?
오장환은?
—시인들도 자식을 낳고 키우고 살았더이다

면벽 70
―목상木商

나는 유독 나무 냄새에 민감했다
아버지의 아버지, 조부는 목상이었다
일제강점기 연곡 초시에 아홉 칸짜리 집을 지었고
병자년 물난리에 거처를 다 잃었다
목상 수익금 일부가 만주 쪽으로 흘러갔다는
풍문도 흘러갔다 선친은 삼십 대 초반
어상자漁箱子 사업에 손을 댔다
직원은 주로 집안 피붙이들이었으나
고향 일대에선 꽤 큰 사업체였다
나는 늘 톱밥 냄새를 맡고 살았다
톱밥을 주먹 눈처럼 뭉쳐 훅 날리기도 했었다
내가 나뭇가지 하나 툭 부러뜨리지 못하는 것도
이런 내력이 있는 것 아닐까
누군가 내 과거사를 덜컹덜컹 흔드는 것 같다
누굴까?

면벽 71
—기억의 자리

저기 보도블록 길 사이 꽃사과나무 있던 자리

저기 뒤뜰 살구나무 있던 자리

저기 운동장 끝 배나무밭 있던 자리

저기 언덕배기 노간주나무 있던 자리

저기 길가의 감나무 있던 자리

저기 앞뜰 중국 단풍나무 있던 자리

저기 시골집 마당가 주목나무 있던 자리

저기 담장 너머 가죽나무 있던 자리

저기 저기 포도나무 있던 자리

저기 길가 은행나무 있던 자리

저기 골목길 끝 앵두나무 있던 자리

저기 빈집 백일홍 서있던 자리

저기 큰댁 마당가 오동나무 있던 자리

저기 외갓집 밤나무 있던 자리

저기 퇴곡 고모님 댁 자두나무 있던 자리

이제 그 나무는 그곳에 없고

나도 그곳에 없다

면벽 72
―영화 『카드보드 복서』

LA 5번가 빈민가 외로운 노숙자 복서 '윌리'
그가 진정 외로웠을 땐 언제?
빈 옥상에 올라가 먼 하늘 바라볼 때 아니고
책 가게 앞에서 조용히 기다릴 때 아니고
비닐 뒤집어쓰고 빗속에서 노숙할 때 아니고
50불 얻으려고 또 다른 노숙자와 싸울 때
선친의 묘비 꼭 감싸 안고 울먹일 때
난 지옥에 가야 될 것 같다! 말할 때도 아니다

불탄 쓰레기 더미에서 남의 일기장 펼쳤을 때
그 일기장 주인에게 종이비행기 날릴 때
드럼통 속에서 불타는 그 일기장 꺼낼 때
병실 모니터로 일기장 몇 구절 암송할 때
두 손 붕대 감은 채 일기장 주인 여자아이와
마침내 만나 부둥켜안고 울고 또 울 때!

그가 진정 외로웠을 땐 언제?
거리의 여자한테 날 사랑해 줄 수 있나요?
조심스럽게 물어볼 때!
그 거리의 여자가 '윌리'를 껴안고 사랑해! 사랑해! 사랑해!

따뜻하게 또 따뜻하게 속삭여 줄 때!
이 낮고 어두운 외로움은 어디서 왔을까?
소설가 밀란 쿤데라의 눈망울을 닮은
'월리'의 저 깊은 눈망울로부터 왔을까?
LA 5번가 낮고 어두운 노숙자 골목?

제2부

면벽 73
―까치박달

까치박달나무를 본 적 있는지
어느 숲에서든 작은 햇빛으로도 잘 자라서
무려 15미터
잘 갈라지지도 않아 탈 만들 때
건축재나 농기구로 쓸 때 한몫한다는
뿌리는 달여서 마시면
소과천금유小果千金楡라 하여
피로 회복에 좋고 타박상이나
부스럼 병에도 좋은 약재라 하고
까치박달 어감도 좋지만
유월에 썩 잘 어울리는 나무
어느 해 유월의 나무로 선정되기도 하고
숲길 오다가다 볼 수도 있고
이 세상의 모든 나무들처럼
언제나 그곳에 그냥 서있는지
그저 그 나무들처럼
당신도 그곳에 한번 서있는지

면벽 74
—「겟세마네 동산의 기도」

예수 그리스도 체포당하기 직전 최후의 순간
—겟세마네 동산의 기도
안드레아 만테냐(1445년)의 유화

거친 바위 위에 맨발로 무릎 꿇고 앉아
피 같은 피땀을 뚝뚝 흘리며
예수 그리스도의 마지막 기도
—내 마음이 너무 괴로워 죽을 지경이다!
맨발을 드러낸 채
제자 셋은 하늘 향해 맨바닥에 벌떡 누워
깊은 잠에 빠져있고
어둡고 깊은 밤
깡마른 올리브나무 하나 둘 셋

예수 그리스도 체포당하기 직전 최후의 순간
—겟세마네 동산의 기도
운보 김기창(1952년)의 한국화

조선의 평범한 맨 바위산에 무릎을 꿇고 앉아
갓을 쓰고 흰 두루마기를 두른

예수 그리스도의 마지막 기도
—내 뜻이 아니라 하늘의 뜻대로 되기를!
갓을 쓰고 두루마기 입은
제자 셋은 갓 쓴 채 무릎에 얼굴 파묻고
곤한 잠에 빠져있고
어둡고 깊은 밤
조선의 저 육송 한 그루 두 그루 세 그루

면벽 75
—겨울 단풍나무

창밖 단풍나무에 베토벤 피아노 소나타 걸려 있다
날이 갑자기 잔뜩 흐리거나 빗방울 스치거나
강원도 내륙지방 폭설과 강추위 소식
생나뭇가지 뚝 부러지는 소리 듣고 싶다
—시인은 언제까지 시인이라고 할 수 있을까
김수영은 영원히 시인이라 해야 할 것 같고
또 누구?
단풍잎 하나 없는 저 밋밋한 단풍나무는
굳이 단풍나무라고 할 수 있을까
시인의 침묵은 시의 순간일까 삶의 순간일까
나무 한 그루 심은 적 얼마나 되었을까
나무 위에 오른 적 또 얼마나 되었을까
낫을 움켜쥐고 나무를 콱 찍어본 적 언제?

플라톤이 아니어도 이웃집 아주머니가 시인을 추방할 것 같다
그곳에서도 시를 쓸 수 있고 시를 중얼거릴 수 있을까
저 겨울 단풍나무처럼 몽땅 다 털릴까?
구소련 오시프 만델스탐(1891~1938)처럼
—시 없이는 앉을 수도 없고 걸을 수도 살아갈 수도 없었다
어제는 느닷없이 시를 파장했다는

내 후배는 어떻게 걷고 어떻게 앉을 수 있을까
나는 또 어떻게 걷고 어떻게 앉을 수 있을까
저 단풍나무는 어떻게 다시 일어설 수 있을까

면벽 76
—동해시 송정동

내 청춘이 열아홉 살쯤에서 더 자라지 못한 곳
내 사랑이 더 이루어지지 못하고 돌아섰던 곳
사십 년 넘은 내 친구들을 처음 만났던 곳
크고 작은 또 시리고 뜨겁던 눈물 흘렸던 곳
때론 쭈그리고 앉아 때론 선 채로 울던 곳

술 먹다 주인 몰래 친구들과 도망 다녔던 곳
간이주점의 오징어무침 한 접시 소주 세 병?
주인이 뒤쫓아 오는데 뒤돌아보지 않았던 곳
며칠 후 주인한테 붙잡혔다 다시 도망친 곳
나도 속고 당신도 속고 세상도 또 속고 속았던 곳
뒤를 돌아보지도 않고 앞을 내다보지도 않던 곳
술 한 번 청춘 한 번 건너뛰기도 무지 어렵던
이거 나 혼자만의 미미한 수작酬酌? 먹튀?

그럼 여기 아직 도망가지 못한 오직 한 사람
아직도 뒷골목으로 도망다니는 여기 한 사람
그날 밤 몸도 마음도 피했던 바닷가 해송 숲속
해변엔 해송들이 모여 해풍과 맞짱 뜨던 곳
해송 해풍 해송 송정 해송 해풍 해송 송정 해송 해풍……

이 시를 스마트폰으로 찍어 보내면 누가 읽을까
누가 잠시 걸음을 멈추고 뒤를 돌아볼까
─그날 술자리에서 「세월이 가면」*을 읊조리던
내 친구 육군 하사 고 김형천 군

* 「세월이 가면」: 박인환의 시.

면벽 77
—그녀를

방금 악수하고 막 헤어진 그녀를
창동역에서 먼저 내린 그녀를
옛 친정집이 화계사 근처였던 그녀를
책장에 『신동엽 평전』 꽂아뒀던 그녀를
(지금은 내 책장에 꽂혀 있는……)
뒤돌아보지도 않고 가던 그녀를

한 직장에서 얼굴 마주쳤던 그녀를
병석의 친정아버지 사진 꺼내던
이십 대 친정아버지 사진도 보여 주던
흐릿한 사진을 지갑에 넣던 그녀를
간호할 땐 환자의 큰 키가 힘들다던
순간 나를 힐끔 쳐다보던 그녀를
손을 쑥 내밀어 악수하고 돌아서던 그녀를
나는 그녀를, 그녀는 나를
더 뒤돌아보지 않는

면벽 78
―눈물

눈물도 조금씩 느는 것인가
그러나 잔주름살 늘어나듯
눈물샘도 마를 것이다
마치 몸에 수분이 줄어들듯
마치 마음이 동動하지 않듯
마치 몸이 맥없이 느려지듯
마치 웃음기 줄어들듯
마치 통화량 줄어들듯
오라는 데도 줄어들듯
마치 잇몸이 약해지듯
마치 기억력 줄어들듯
감수甘受라는 말이 좋아지듯
이 눈물도 감수해야 할
그러나 감수하지 않는 것!

면벽 79
—앞니

문단 선배 혼사 갔다가 술 먹고 발 헛딛는 바람에 앞니
한 대 부러뜨렸다

아무것도 못 하고
이틀째 방바닥에 나직이 가라앉은 사람한테
집사람이 이윽고 한마디 내려놓았다
"술 먹고 여기저기 헤매지 말고 같이 성당에 다닙시다!"

딱히 어디 믿고 다닐 만한 처지도 못 되겠지만
술은 좀 피해 다녀야만 할 것 같다
맨정신을 잘 붙들고 살아야 할 것 같다
김종삼 시집 사나흘 또 읽어야 할 것 같다
아직도 헛디딜 데 또 있었는가

또 무엇을 뒤돌아보아야 하는가
돌아보면 보이지도 않는 것들!

면벽 80
—과음

언제 과음 한번 하자!
상계역 골목집에서 술잔만 주고받으면서
김수영이나 김종삼도 꺼내지 말고
시집 어디서 내야 하나
그런 근심도 하지 말고
한국문학 남북 관계 걱정하지 말고
강원도 글 쓰는 후배들도 꺼내지 말고
7080 노래도 부르지 말고
팔십 년대 시인들도 그만하고
벚꽃 피는 시기
벚꽃 지는 얘기도 하지 말고
대선 논평도 하지 말고
그냥 술잔만 주고받으면서
그냥 술잔만 든 채
시가 오더라도 오늘은 좀 조급해하지 말고
스마트폰이 울려도 울게 하고
당고개행 4호선도 지나가게 하고
그냥 과음 한번 하자!
그럼 한잔 더 마시자!

면벽 81
—7번 국도

카페 '시인과 바다'에서 커피를 마시고
동산항에서 동산항을 검색하고
등명 낙가사에서 그녀와 함께 합장하고
외옹치에서 문자 하고
물치에서 담배 한 대 생각하고
한섬에서 사진 한 장 전송했다
하조대에서 시국을 걱정하고
심곡에서 문득 마음이 흔들렸다
아들바위에서 삶은 문어를 먹고
거진항에서 가자미식해를 먹다
7번 국도는
강원도 바닷가를 따라 쭉 뻗어있다
내 시의 골목길 끝에는
7번 국도가 있다

면벽 82
—마스크

"저는 2급 정신지체 장애인입니다"
"저희들이 만든 양말이랑 칫솔이랑 팔러 왔어요"
"만 원입니다"
"칫솔이랑 양말 말고 다른 거 없습니까?"
"……"
"혹시 황사 마스크 없어요!"
"마스크 있어요"
"그분들이 만든 거 맞아요!"
"네에! 장애인증 보여드릴게요"
"아닙니다"
"죄송합니다"

옆에 동료 직원도 하나 사주기를 은근히 바랐다
"뭘 샀어요"
"네, 칫솔 세트 샀습니다"
"제 시집 한 권 드릴게요"
그녀는 아주 천천히 먼 곳으로 멀어져 갔다

면벽 83
—산불

2017년 6월 1일 오후 9시
내 오랜 등산로 수락산 귀임봉 능선
산불 재난 안내 문자
물론 굳이 불구경하러 간 것도 아니고
그렇다고 불을 끄러 간 것도 아니다
사진 찍으려고 간 것도 아니고
화재 원인을 찾으려고 간 것도 아니다
산불이 수락골 쪽으로 내려오는지
귀임봉 쪽으로 더 올라가는지
마냥 쳐다보기만 한 것도 아니다
누군가에게 문자를 보내려고 간 것도 아니다
누굴 만나려고 간 것도 아니다
여기서 꼬박 밤을 새울 것인가?

—저 불은 무엇인가
—저 불은 저 불이 아니다
—저 산은 또 무엇인가
—저 산은 저 산이 아니다
—저 불을 끌 것인가
—무엇이 불에 타고 있는가

누가 묻는 건지 누가 답하는 건지 알 수 없다
—이유는 없다!
산불이든 세상일이든 묻고 답하는 게 아니다
—볼 뿐!

면벽 84
—조화造花

오롯이 늙은 노인들이 겨우 마련한 산기슭 꽃밭
꽃 하나 꺾을 힘도 없지만
그들은 조악한 조화라도 또 듬성듬성 심어놓고
노란 국화야 붉은 장미야
제 이름 부르듯 한 번쯤 불러보고 싶은 것이다

누구는 여태 꽃 한 송이 피운 적도 없고
또 누구는 꽃 한 송이 꺾은 적도 없지만
이런 꽃이라도 한 번 더 바라보고 싶은 것이다
이런 꽃이라도 한 번 더 되고 싶은 것이다

그들은 모든 슬픔이 다 바짝바짝 말라버린 듯
저 꽃을 뿌리째 쑤욱 뽑아버리듯
마침내 그들의 생을 쑤욱 뽑아버릴 것만 같다

그들도 마냥 하늘 한편 끌어안고 저 하늘 아래 무엇이 되
고 싶은 것이다
아무도 꽃도 아닌
저 꽃을 눈여겨보지 않는다 해도

면벽 85
―목련

목련이든 인생이든 뒤돌아보지 말고 쭉 가는 것

떠날 수밖에 없는 사람들도 많고
다시 돌아올 수 없는 사람들도 많다
사연은 많고 딱히 무슨 까닭은 없다

목련이 피면 오리라 오면 또 가리라
목련이 지면 가리라 가면 또 오리라

목련 아래 목련 발자국이 꾹꾹 찍혀 있다
멀쩡한 길도 길 아닐 때가 있다
옳은 소리도 왕왕 개소리 같을 때가 있고
개소리도 돌아서자마자 옳은 소리 같을 때도 있다
돌아서야만 볼 수 있는 것들
돌아서지 않으면 볼 수 없는 것들

목련이 져도 또 목련을 볼 것이다

면벽 86
—고故 김광석

탁자 위에 막걸리 잔 하나와
김광석의 노래
김광석 씨가 잠시 환생한 것 같다
가수는 다시 가수로 환생하는 것 같다
노래는 끝이 없다
그러나 시인의 생은
어느 생에서도 단 한 번뿐인 것 같다
시인은 환생하지 않는다
시인은 돌아오지 않는다

관객은 늙수레한 남자 둘
그리고 열 발자국 떨어져 듣고 있던
또 늙수레한 남자 하나
도봉산 입구 노상 포장마차
저렇게 김광석의 노래를 부르듯
누가 시인의 시를 읽겠는가
시인만 세상을 뜬 게 아니다
시도 시인과 함께 떠났다

—너무 아픈 노래는 노래가 아니었음을

면벽 87
— 「작은 배」

오늘 검색어 1위 조동진(1947. 9. 3. ~ 2017. 8. 28.)
그의 노래를 듣지 않고 청춘을 살아낼 수 있었을까
그의 노래를 부르지 않고 어떻게 살아갈 수 있었을까
「작은 배」
그는 오늘 아주 작은 배를 타고 떠났다

젊은 날 사랑하는 사람 앞에서 이런 노래를 불렀다
사랑하는 사람이 떠난 후에도 이런 노래를 불렀다
좀 슬픈 날이면 또 이런 노래를 불렀다
—작은 배가 있었네
—작은 배가 있었네

오늘은 그를 위해 그의 노래를 불러야 할 것이다
오늘은 그를 위해 그의 노래를 들어야 할 것이다
오늘은 그를 위해
—아주 멀리 떠날 수 없네
—아주 멀리 떠날 수 없네

면벽 88
—꿈속에서

시인들 몇이서 소주를 마시고 있었다
다들 벽면에 등을 붙이고 앉아
그만 마시자고 하는데
술상을 붙잡고 있는 시인 하나 있었다
다시 술상 앞에 모여
신문지 한 장 깔아놓고 소주를 마셨다
백지장 확 뿌려놓은 것 같은
훤한 대낮에
낮비 같은 것도 흩날리고 있었다

낮술에 기꺼이 참석한 시인들
박세현 강세환 이홍섭 김선우……
—탑골공원 화장실에 앉아있던 시……?
제목을 묻긴 했었는데
나는 이미 꿈 밖에 시 밖에 있었다
다시 꿈속에 들어가 물어볼까

면벽 89
—나의 시

나의 시는 결국 시 이전에 있다

어떤 시적 대상이나 주제도 없고
어떤 형식도 어떤 내용도 딱히 없는
심지어 슬픔도 기쁨도 없는
길지도 않고 또 짧지도 않은
열대여섯 행이면 할 말 다한 것 같은
그냥 한 번 쭉 훑으면 되는
머리가 복잡하지도 아프지도 않은
속이 훤히 들여다보이는 시
다시 한 번 읽지 않아도 되는
지나가는 개도 쳐다보다 말 것 같은
다만 좀 새롭고 투명하고 낯선
집사람이 "괜찮네!" 할 만한 시
시 '쓰는' 일만 남은 것 같은
시 쓰는 순간, 시가 곧 사라질 것 같은
시 한 편에 일희일비하는
시

면벽 90
—엄나무

시골집 뒤란에 엄나무 하나 있었는지도 몰랐다
어머니께서 두릅 한 뭉치 건넬 때만 해도
시장 난전에서 산 줄 알았었다
두릅을 받아 들고 뒤란의 엄나무와 눈이 마주쳤다
비로소 엄나무가 보였다

시골집에서 시 한 편 쓴 적도 거의 없는 것 같다
명절 때 잠깐 내려왔다
겨우 이틀 밤 자고 부리나케 올라간 것밖에 없다
그저 시골집 뒤란 쪽 낙숫물 소리나 듣고
담장 너머 옛길을 물끄러미 두어 번 쳐다보았을 뿐이다
내가 너무 먼 곳만 쳐다보고 산 것 같다
내가 너무 먼 곳만 돌아다닌 것 같다

엄나무 생각도 나서 시골집에 전화를 넣었다
"저녁 잡수셨어요?"
"먹었지!"
"또 혼자 드셨겠네요?"
"오늘은 내 그림자랑 같이 먹었지!"

면벽 91
—그녀는

내 시의 첫 독자는 아무래도 그녀일 수밖에 없다
고등학교 문예반 출신이지만
시 한 줄 쓰지 않고 살아간다
시 한 줄 쓰지 않고 살지만
초등학교 2학년 때부터 시 한 줄 한 줄 쓰며 살았다
김춘수 「꽃」 좋아하고
김소월 「초혼」 좋아하고
청마 「그리움」 좋아하고
양성우 「청산이 소리쳐 부르거든」 좋아한다
바다와 호수를 좋아하고
사막과 광야를 좋아하고
파울로 코엘료의 모든 소설을 편애한다

그녀는 요즘 성경책을 더 많이 들고 있다
그러나 그녀가 한국 시로부터 멀어진 것은 아니고
한국 시가 그녀로부터 멀어진 것이다
한국 시는 당신으로부터도 멀어졌다
한국 시도 변명할 수 없는 지점이 있다

—땅에 떨어진 꽃은 다시 피지 않는다

면벽 92
―동서울 버스터미널에서

"안전벨트 매요! 안 맬 거면 당장 내려욧!"
제일 앞자리 승객한테 던지는 버스 기사의 말이었다
……
뒤에서 승객의 뒷모습만 봐도 금세 주눅 든 것 같다
버스 막 출발하기 전이었고
다들 벨트를 맸고 나도 벨트를 맨 상태였다
버스 기사의 목소리는 아주 거칠고 단호했다
그는 그 목소리로 노래를 부를 것이고
그 목소리로
제 식구들 이름도 차례대로 부를 것이다

아니다 노래 부를 때 다르고 제 식구들 부를 때 다를 것이다
거칠고 단호한 저런 목소리를 어디서 배웠을까?
그때 누군가 단호하고 거친 목소리로 외쳤다
"승객한테 공손하게 말하세욧! 몸이 불편할 수도 있고 외
국인일 수도 있잖아요! 사과하세요!"
일순 버스 안은 고요하고 또 침묵했다

바로 그때 버스 밖에서 검표하던 회사 직원이 올라왔고
기사를 대신하여 공손하게 사과하였다

(버스 밖에서 어떻게 그 소리를 들었을까?)
버스는 투덜거리듯 곧장 출발하였다
나는 이 버스의 작은 미동 하나 놓칠 수 없었다
그 승객은 몸이 불편한 것도 외국인도 아니었다
다만 그녀는 아주 누추한 옷을 걸쳤을 뿐이었다

누군가 외쳤을 때 누군가 함께 외쳐야 한다
그래야 세상도 바뀌고 또 너도 나도 바뀐다
너는 어디에 있었고 나는 어디에 있었느냐
네가 있는 곳에 내가 있었고
내가 있는 곳에 네가 있었다

제3부

면벽 93
―김밥

김밥 한 줄 먹는다
카운터나 주방 쪽을 둘러보아도
새파랗게 생긴 청년들뿐이다
축!
김밥 창업!

김밥 한 줄 먹는 것도 고맙고 힘들다
부끄럽다
미안하다
―대한민국 모든 청년들이여! 파이팅!
―대한민국 모든 김밥집이여! 파이팅!

나는 많은 잡념을 버렸고
또 많은 잡념을 얻었다
나는 방금 쓴 시를 버렸고
방금 쓴 시를 또 얻었다
너도 김밥을 먹고 나도 김밥을 먹는다

면벽 94
—어머니

어머니가 '가요무대'를 꼭꼭 챙겨 보시는 걸 몰랐다
「섬마을 선생님」을 따라 부르는 것도 몰랐다
어머니가 백합 작약 백일홍을 심어놓은 것도 몰랐다
어머니가 매니큐어 바르는 것도 몰랐다
아침엔 혈압 약 저녁엔 심장 약 드시는 것도 몰랐다
어머니가 영화를 좋아하는 것도 잘 몰랐다
어머니가 내 시집을 아주 천천히 두 번째 읽는 것도 몰랐다

시골집에 도둑이 든 걸 형제들 중 나만 몰랐다
어머니가 숫자 계산에 매우 밝은 것은 알고 있었다
어머니가 오늘 거실을 몇 번 닦으셨는지 몰랐다
난생처음 어머니하고 영화 『택시 운전사』를 봤다
어머니가 내 신간 시집 두 권만 달라고 했을 때
가방도 무거울 텐데 추석 때 갖다 드리겠다고 했다
추석은 아직도 두 달이나 더 남았는데⋯⋯

　—어느 수행자는 속가의 어머니와 금강산 유람을 어떻게 다녔을까?
　—어느 스님은 속가의 어머니의 장례식에 왜 굳이 불참했을까?

64

―시인들은 왜 어머니 얘기나 어머니에 관한 시가 없을까?

―시인들의 어머니는 다 어디에 계시는 걸까?

면벽 95
―감자

본래 감자가 꼭 이렇게 생기진 않았을 것이다
주먹 한 줌만 한
꼭 이렇게 생긴 놈만 있지는 않았을 것이다
저 높은 대관령에서 거친 맞바람 맞으며
어떻게 이렇게 다 깨끗할 수만 있겠는가
저 흙을 다 파먹고
너의 맨가슴에 칼바람 긋고 또 그었을 텐데
어떻게 이렇게 손톱자국 하나 없는 것인가

너를 쑤욱 뽑으면 허전한 네 마음도 알 것 같다
단 한 줌만 한 조약돌 같은
어떻게 이렇게 반질반질한 놈들만 살아남았을까
모나고 삐딱하고 까칠한 놈들은
이렇게 저렇게 죄다 솎아냈을 것이다
여기까지 오는 길목마다
말 잘 듣는 놈들만 겨우 살아남았을 것이다

저 허허벌판에서 살아온 놈들이
어떻게 이렇게 공손하고 얌전할 수 있는 것일까
한 손에 감자를 움켜쥔 채

나는 어떤 감자일까 또 너는 어떤 감자일까
얌전하고 반듯하고 공손한 감자를 먹었으니
나도 너도
얌전하고 반듯하고 공손한 감자가 된 걸까
혹시 거친 풍파를 겪으며
이렇게 다듬어지고 저렇게 공손해진 거 아닐까

감자야
나는 또 어떻게 살아야 하느냐
너도 나도 그렇게 살아지는 것
그렇게 사라지는 것

면벽 96
―국밥집에서

새벽 순댓국집에서 국밥을 먹는다
이 땅에서 밤을 새운 남자들이 다 모인 것 같다
나처럼 혼자 앉아 국밥을 먹거나
밤새 독한 술을 퍼마셨거나
편의점에서 밤샘 알바를 뛰었거나
동서울 첫차를 기다리거나
어느 벤치에 앉아 노숙을 했거나
밤새도록 또 거리를 돌아다녔거나
심야 대리운전을 했거나
다들 새벽 공복을 참지 못한 것 같다
서러운 사람도 밥을 먹어야 하고
외로운 사람도 밥을 먹어야 한다

또 연인과 헤어진 사람도
막차를 놓친 사람도 밥을 먹어야 한다
같은 탁자에서 제 국밥을 먹어도
말 한마디 나누지 않아도
남의 속을 한번쯤 쳐다보았을 것이다
새벽 다섯 시
원주버스터미널 뒷골목에서 국밥을 먹는 사람들은

나처럼 의기소침한 것 같지도 않다
새벽부터 소주를 마시거나
친구들끼리 탁자 하나를 다 차지했거나
다른 탁자를 향해 말을 건네거나
나보다 더 나이 먹은 사람도 없는 것 같다
막차를 놓친 사람도 없는 것 같다

면벽 97
—양구 백자 1

밤이 더 깊어지면
양구 백자가 머리맡에 저 달빛으로 빚은 것이라 해도
어느 과붓집 창호지를 훔쳐다 빚은 것이라 해도
어느 담벼락 허물어 밤새 빚은 것이라 해도
저 생生국화로 문지르고
저 마른 국화 내음 잔뜩 밴 것이라 해도
아무 들녘 쑥부쟁이 몇 개 꺾어다 옮겨 심었다 해도
또 한 번쯤 속아준다면

어느 집 뒤란 장독대의 그저 평범한 정한수 같은
양구 어느 계곡 돌부리에 부딪치던 물살 같은
내 밑바닥까지 다 보일 것 같은
어느 산기슭에 걸터앉은 저 기울어진 보름달 같은
어떤 침묵 같은
남의 속까지 다 들여다보이는
맑고 투명한
저 양구 백자 달 항아리 하나

면벽 98
―양구 백자 2

양구 백자는 말이 없다
양구 들녘도 말이 없다
저 산을 무너뜨려도 말이 없다
굳이 취한 적도 없고
깨어난 적도 없다
울음도 없고
웃음도 없다
그저 잠시 허공 같다

바람도 말이 없다
당신도 말이 없다
나도 말이 없다
누군가의 헛웃음만 같다
어느 남자의 마음 같다
그 마음의 이면裏面도 휑한 빈 그릇 같다
어둠도 더 없고
밝음도 더 없는
커다란 꽃 한 송이 피었다
새 한 마리 날았다

면벽 99
─양구 백자 3

누구는 너를 품에 안고 바위 끝에 앉아
엄동설한에 옷고름마저 풀고 술을 마셨다고 하지만
나는 또 맹물을 한가득 채울 뿐이다
너는 가난하고 선량한 시인의 곁에 앉아
시 한 줄 술 한 잔 차 한 잔

가도 가도 시를 아는 사람 만나기도 어렵지만
빈 항아리 내려놓듯 시를 내려놓을 수도
옛 애인 집 긴 골목길을 기웃거릴 수도
어느 노승의 면벽한 벽면만 쳐다볼 수도 없으니
달빛 가득한 빈 항아리 또 기울여 볼 뿐이다

이 항아리에 저 맑은 시냇물이라도 부어놓고
먼 산에 걸터앉은 달을 슬며시 빠뜨렸다가
아님 중국의 어느 옛 시인처럼 갓끈을 적셨다가
또 발등과 손등이라도 씻어야 할 것이다
달도 지고 술도 마르면 이 항아리 갖다 버리리라

이 밤도 깊었고 느닷없이 폭우라도 쏟아져
이 세상 모든 시인들의 빈 항아리를 채운다면

다시 이 항아리 들었다 내려놓을 것이다
이 항아리는 양구 수입천水入川 위에 뜬 달이 되었거나

"가거라!"
"가거라!"

면벽 100
—문단

시인들끼리 앉아있다 보면

그의 계급장도

그의 외투도 눈에 들어오지 않는다

그의 이력이나

그의 명함 같은 것도 생각나지 않는다

그의 주량과 고향을 짐작하거나

나이를 셈해 보거나

그가 담배를 피우는지 끊었는지 생각하는 것이다

시인들끼리 앉아있다 보면

아편을 하고 마작을 하고 말술이었고

옥사했고 투옥되었고

포로수용소에 갇혔고

북으로 올라갔고 남으로 내려왔고

일제에 항거했고 만주와 북간도를 떠돌았고

반독재 투쟁에 나섰고

펜을 꺾었고 알코올중독이었고

푼돈 빌리러 다녔던

시인들을 또 생각하는 것이다

시인들은 각자 자기 어깨에 짐짝 같은 외로움과 자존심을
하나씩 둘러메고 산다
김수영은 커다란 생수통만 한 외로움과 자존심을
양쪽 어깨에 하나씩 더 둘러멘 것 같다
우우
이제는 문단 모임 같은 데서 시인들끼리 앉아있는 것도
불편하다

면벽 101
―황진이 특집

나는 누구의 손을 잡은 일이 없다

내 관에 관 뚜껑을 덮지 마라

나는 입에 술을 대지 않았다

나는 스승이 없다

나는 새끼는 물론 지아비도 없다

나는 비석도 없다

나는 시비도 없다

나는 가뭄이 들어도 박연폭포만 흘러내리면 족하다

나는 굳이 벗도 없다

나는 종교도 없다

나는 몸을 팔지 않았다

나는 술을 팔지 않았다

나는 나를 팔지 않았다

나는 시를 팔지 않았다

면벽 102
—김소월

시인의 생을 33살쯤에서 그만둔 소월의 생이여!
더 살았다 해도
소월은 절필하고야 말았을 것이다
소월은
한국 시가의 정점이었을 것이다
그 정점은 또 외로움이었으리라
무엇이 답답하던가
무엇이 답답하던가
소월이야말로
한국 시의 긴 그림자일 것이다

—부르다가 내가 죽을 이름이여!

시 한 줄이 또 무엇을 하랴
시 한 줄이 무엇을 못 하랴
시 한 줄이 무엇을 어이하리
무엇을 또 어이하리
마음 한구석에 숨죽이고 있던 그 이름이여!

면벽 103
—노래

낡은 기타 하나 들고 노래 부르는 늙은 남자

—나는 가짜 중이야! 그저 백수일 뿐이야!
저 80년대 초 늦깎이로 산에 들어갔다 도로 나와 버렸어!
떠돌면서 살고 싶어서……
그냥 자유로운 영혼!
당신은 착한 상相이야! 아니다 원칙주의자!

우리나라 노래방은 참 좋은 거야 노래로 풀어야 해!
판소리도 한을 푸는 거야!
부처는 다 버리고 떠났어!
저잣거리에 널린 백수들이 부처야!
백을 버리면 백을 잃는 세상이야
어느 골짜기에 소소한 꽃이 피었다 지듯 세상은 그렇게
흘러가는 거야

스님도 옷을 벗으면 중생인가?
시인은 시를 벗으면 시가 되는가?

면벽 104
—시

"목소리 듣고 싶어서……"
낮술 한잔 걸친 김에 친구한테 전화 한 통 넣었더니
"싱겁긴……"
혹은 '전화 받을 수 없음'
이 관습적인 그러나 인간적인 것!
다들 뱉어내지도 삼키지도 못할 것 같은
간간한 물을 입에 물고 사는지

혹은 헛다리 짚었을 때 삶 좀 헐거워지듯
호프 오백도 싱거워졌다
찬바람 불 때 말고 헛바람 불 때
꿈꿀 때 말고 헛꿈 꿀 때
헛 살아갈 때 헛손질할 때
헛배 부를 때 허할 때
헛헛할 때
싱거울 때 당신은 온다! 당신은 누구신가!
시의 그물에 내가 걸렸다!
그러나 시 아닌 것들은 하나도 걸리지 않는
뻥뻥 뚫린

면벽 105
—여자

나는 본다 창밖의 여자를 본다

자전거 타고 지나가는 여자

담뱃불 붙이던 여자

리어카 끌고 가는 여자

짧은 머리카락 여자

골프채 가방을 든 여자

검은 상복을 입은 여자

반바지를 입은 여자

긴 머리 묶은 여자

짙은 선글라스 낀 여자

모자 쓴 여자

어디서 한 번 만난 것 같은 여자

수락산서 만난 미친 여자

중랑천 산책길에 또 만난 여자

눈앞에 어른거리는 여자

면벽 106
―가볍게

오랜만에 동창들과 가볍게 악수 나누고
가볍게 이름 부르고 가볍게 밥 먹고
가볍게 또 헤어지는 중고등학교 동창 자녀 결혼식
가볍고 편안한 자리…… 그럼 다음에 또!
가볍게 막 헤어졌는데도 아직 손 풀지 않던 동창
"요새도 시 쓰면서 살아?"
그때 속주머니 초고 한 구절이 바스락거렸다

―나는 시를 쓰면서 사는가
―나는 살면서 시를 쓰는가
시와 삶의 경계가 있는가! 없는가!

시는 삶을 허물어뜨리고 다시 삶은 시를 허물어뜨리고
둘 다 허물어뜨린 곳에서
다시 시는 시를 허물어뜨리고 삶은 삶을 허물어뜨리고
둘 다 허물어뜨린 곳에서
그때 속주머니 초고 한 구절 또 바스락거렸다

면벽 107
—변명

남아프리카 사막을 헤매고 다니지도 못했다
무수골 지나 원통사 길만 쫓아다녔다
별난 취미 하나 없다
FM 93.1과 친하게 지냈을 뿐이다
도박과 춤에 미친 것도 아니고
도박과 춤으로 탕진한 것 하나 없는데
무슨 손끝으로 삶의 바닥 긁겠는가
시디를 모은 것도 아니고
넥타이든 모자든 장신구에 정신을 팔거나
돈을 턴 적도 없다
불금쯤 낮술 한잔하면 족하리라

커피에 빠지지 못했다
믹스커피 일주일에 두어 잔이면 족했다
무슨 영화 누구 영화에 빠지지 못했다
오다가다 홍상수만 봤다
문자메시지를 썼다 지웠다

면벽 108
─나사 하나 빼놓고

호프집서 방금 긁은 신용카드 잃어버렸어도 뭐, 할 수 없
는 일이지

단골 이발소 3인의 이발사 중 원장 이발사한테만 머리 맡
기지 말고

닥치는 대로 머리 자르기

마들역 수선집에 바지 맡기면서 비용 묻지 말고

그냥 달라는 대로 주기

산책길 또 결정하지 못할 때 도봉산 자락 김수영 시비
쯤 가서

나사 하나 빼놓고 오기

시꺼먼 비닐봉지에 뼈 감자탕 담던 주인한테 말 한마디
하지 못하고

나사 하나 빼놓고 살기

정의 개혁 진보 통일 분노 슬픔 눈물 폭음 불평등 공적
시스템 잊어먹고

그냥 멍때리고 살기

마음 좀 무거울 땐 마음 좀 무거운 채 나사 하나 더 빼놓
고 살기

그 나사도 어디 뒀는지

깜빡 잊고 살기

면벽 109
—그

단 한 번도 꿈조차 꿀 수 없었던
꿈을 단박에 해치웠던 그!
아내와 딸 다섯을 두고
마흔세 살 나이에 남태평양 타히티로 떠난 그!
(제주도 서귀포로 떠난 그?)
다시 마타이에아 섬으로
훌쩍 떠나
섬에 콕 처박혀 섬처럼 살다
섬이 되어버린 그!
(그림처럼 살다 끝내 그림이 되어버린
그?)
전직 증권거래소 직원이었던
그!

우리는 어디에서 왔는가 우리는 누구인가 우리는 어디
로 가는가[*]

* 〈우리는 어디에서 왔는가 우리는 누구인가 우리는 어디로 가는가〉
  : 폴 고갱(1848~1903)의 유화.

84

면벽 110
─시인

시인 하나 키우는 데 집안 식구가 모두 나서야 할 것 같다
제 식구들 쫓아내고 멀쩡한 빈방에 틀어박혀
나라를 위한 것도
식구들을 위한 것도 아닌 시를 쓰고 있다
물고기 잡았다 해도 구워 먹지 않을 것!
성을 쌓았다 해도 한 발짝도 들어가지 못할 것!

빈방을 들여다보면 노트북 앞에 앉아있는
속옷 바람의 중년 사내!
그 사내가 방금 창밖을 내다보았다
아침에는 해 뜨는 동쪽을 바라보고
저녁에는 저녁노을과 함께 뒤늦은 산책을 서두를 것 같다
─내가 문 열고 나갈 때까지 밖에서 문 열지도 마라!
무슨 무문관 수행자라고……

면벽 111
—대추

1.
주방 창문 앞 풋대추 하나와 또 눈이 마주쳤다
—내 시의 진지함보다 더 진지한 것
—내 시의 가벼움보다 더 가벼운 것
—내 시의 설익음보다 더 설익은 것
—내 시의 아픔보다 더 아픈 것

돌풍에 떨어진 대추를 누가 또 밟고 갔는지
웅크리고 앉아 깨진 보석 살피듯 본다
어떤 대추는 자동차가 밟은 게 분명하고
또 혼자 떨어져 어깨를 부딪쳤는지
초가을 저녁 대추차를 끓일 것도 아니면서
천천히 대추를 향해 허리를 굽혔다
눈 마주치면 뭔가 생각나는 것도 있고

2.
요 앞의 저 대추 한 알 툭 떨어지는 소리
기왓장 떨어지는 소리
벽을 향해 일어섰다 벽을 향해 앉았다
일어서면 대추나무 높이만 한 폐사지 삼층석탑이 보일

것이고

　그 탑 뒤의 그늘의 넓이는 굳이 말하지 마라

　앉아있다 보면

　누군가 천지를 안정시킬 만한 한마디가 무엇인지 되물

을 것이다

　—소로소로시리스바하!*

* 『운문록 下』 유방유록遊方遺錄 20 중에서.

면벽 112
—부처꽃

신내동 서울의료원 뜰 앞에서 부처꽃 보았어요
지천에 널린 꽃을 못 봤다 해도 미쳤고
몰랐다 해도 미쳤겠죠
오늘 종로 3가에서 우연히 또 부처꽃 만났어요
아 저 꽃!

그때 정말 미쳐버린 노숙자 같은 사내가
한 손으로 저 꽃을 확 훑어
입에 약 털어 넣듯 탁 털어 넣었어요!
사내는 마치 꽃이 아니면 흙이라도 독이라도 입에 털어
넣었을 거예요
저 미친 꽃!

꽃이면 꽃을 또 흙이면 흙을 독이면 독을
아니면 흙이든 꽃이든 독이든
닥치는 대로 이 벽면과 또 면벽할 것이다
그대는 벽을 허물어뜨릴 것인가
아니면 벽에 비친 그림자를 따를 것인가
　—이 국화차 언제 마실 텐가
　—이 벽면 전체가 다 시였다

그대 화두는?

―그러나 아무것도 하지 않는 것!

"홀로 걷는 자여! 그대의 화두는 무엇이오?"

"화두 없다!"

"......"

"지금 이 순간! 이 순간! 이 순간! 전부 다 화두일 뿐이오!"

제4부

면벽 113
―풍경

저것 봐라! 지나갈 뿐이다
마른 옥수수밭 지나가고
손 흔들던 경운기 몰던 노인 지나가고
레일바이크도
창문 반쯤 열다 만 저 컨테이너 건물도
동쪽으로 흐르다
슬몃 뒤돌아보는 저 강물도
저 빈집도 지나간다
내 것 지나가고
네 것 지나간다
저것 봐라!
저 느티나무도
치맛자락 반쯤 내민 한낮의 그림자도
아름다운 것도
슬픈 것도 저 생나뭇가지의 흔들림도
고즈넉함도
나도

면벽 114
—기억의 덫

늦은 밤 전봇대에 올라가지 말 것!
깊은 밤 혹은 저 1980년 비상계엄령처럼 어두운 시국엔
일찍 잠자리에 드는 것도 장땡!
잠들 수 없으면 「마태복음」 두 번 읽을 것
아님 전봇대라도 올라가야 하나?

비에 젖은 태극기를 데려오려고 미친 듯 취한 듯
혹 제정신일까? 취기醉氣?
깊은 밤 빗속의 전봇대에 올라갔다
거의 다 내려오다 쇠붙이 발판 모서리에 겨드랑이를 찢겼어
겨드랑이 찢어진 것도 잊고 그날 밤을 지냈지
한쪽 날개 허하고 서늘한 느낌 느끼면서

이튿날 아침 강릉의료원 앞 지나던 길에
무작정 중년의 외과 의사 앞에 앉았지
"어쩌다?" "전봇대?"
"꽤 깊은데…… 몇 바늘 더 꿰매야……"
"뼈가 조금 보였으면"
"이 청년 치료비 받지 마라!"

하루치 왕복 교통비만 겨우 들고 다니던 염치없던 시절
교통비 갖다 술 마시면 딱히 길도 없던
젊은 날의 한 컷!
—컷!

면벽 115
—부적

뒷주머니에 손 찔러 넣다 불쑥 닿던 것
반쯤 접힌 약간 볼록한 편지 봉투
앗 누가?
나도 모르게 넣어둔 금품?
겉봉 주소 보면 분명히 시골 어머님의 간곡한 뜻!
강원도 강릉시 성남동 산봉 철학관
봉투 접힌 부분 보면 오래되지 않은 듯
지난 추석 아님 설날?
술은 횟수도 줄었고 주량도 낮췄지만
당신 눈에는 여전히 걱정거릴까?
나도 주량을 알고 주량만 마시고 싶다
그러나 주량이 무슨 의미 있으랴
슬픔과 분노와 외로움에도
어떤 적정량滴定量이라는 게 있을까

어느 날 잘 묻어두었던 봉투를 꺼내
쪼그만 비닐봉지에 든 빨간 딱지를 펼쳐보았다
붉은 천 조각엔
금빛 문양의 나무관세음보살상 있었고
—옴 아모카 살바 다라 사다야 시배 훔!

또 금빛 부적 한가운데 앉아있는 전서체 한 글자

──용왕龍王

1970년대 강릉시 성남동 철둑길 옆에는 철학관이 많았다
같이 술 마시다 이끌려 갔던
친구네 집도 그곳 어디쯤이었을까

면벽 116
—아주 작고 깊은 방

밤늦게 술 마시다 누군가 살짝 이끌기만 해도
덜컥덜컥 무작정 따라가던
그 시절 내 어깨를 툭 치던 아름다운 친구들
—염산국! 김덕남! 김경창! 이발호!

늦은 밤 친구한테 이끌려 부엌 부뚜막 밟고 들어갔던 방!
손바닥만 한 들창 하나도 없던
다리 다 뻗을 수도 없던
두 문학청년이 나란히 눕기엔
너무 작고 어둡고 깊은 방
그래도 장정들보다 더 큰 책장 하나 있던
시집이 빽빽하게 꽂혀 있던
서고書庫 같던 방

어둡고 깊은 방보다
더 어둡고 깊은 도스토옙스키의 흐릿한 흑백사진 한 장!
삘 꽂히듯 등허리쯤 어디
펜촉 끝이 비스듬히 꽂힌 것 같아
돌아눕지도 못하던……

이제 더 이상 어둡지도 깊어지지도 않는
이제 더 이상 펜촉 같은 것도 없고
더 이상 깊어질 것도 어두워질 것도
더 이상 돌아누울 곳도 없는……
마당에 피어있던 붓꽃은 다 뽑아버렸을까?

면벽 117
─폐차

요 며칠째 작별 인사 나직이 읊조렸어
근 이십여 년 고마웠고 또 미안했다우
소요산 산정호수 그리고 무수골……
수족 부리듯 너무 많이 끌고 다녔어
영동고속도로는 네 눈에도 밟히겠지
초행길 그 대관령 옛길 안개 기억나지
7번 국도 파도 소리 생각나겠지?
남의 집 마당에 너를 처박아 둔 적도 있었지
네 몸 구석구석 FM 93.9 스몄을 거야
네 몸 어디 한 번 더 꾹꾹 눌러봐!
며칠째 주차하고 금방 내리지 못했어
몇 걸음 걷다 또 돌아보곤 했어
오죽하면 식구들도 너를 데리고 있자고 했어
먼 나라 낡은 택시라도 되면 좋겠다
네 몸 어디 곱게 걸어뒀던 염주念珠는
내 것 같아도
네 것 같아 손 닿는 곳에 넣어뒀어!

면벽 118
—시집

저 시집들을 다시 읽지 않을 것이다
집수리하던 사장은 다 갖다 버려라 했고
집사람도 빼곡한 시집들을 손끝으로 가리켰다
손끝이 내 가슴 언저리 닿는 것 같아
당장 다 꺼내놓고 읽을 거라고 했다
그러나 나는 다시 뜨거워지지 않을 것이다
나도 식었지만 저들도 다 식었다
책장에 빽빽하게 꽂혀 있는 수백 권의 시집들
언젠가 내 손으로 꽁꽁 다 묶어서
일요일 밤 폐지 더미 옆에 갖다 놓을 것이다
이제 저들을 다 버려야 할 것 같다
저들도 이제 나를 떠나야 할 것 같다
저들도 알고 나도 너도 다 알고 있다
그러나 나는 저들을 떠날 수도 없고
저들을 차마 다 갖다 버릴 수도 없다
나는 결코 버리고 떠나기 위해 사는
수도자가 아니다

면벽 119
—「나도 이유는 없다」이승훈 선생의 시를 읽고

　나도 밥을 빨리 먹는 건 그저 밥을 빨리 먹기 때문이다 어떤 날은 배가 고파 빨리 먹고 배가 고프지 않아도 빨리 먹지만 아침 출근 직전엔 주방 싱크대에 붙어 서서 빨리 먹고 저녁에는 식탁에서 반쯤 먹다 다시 주방 싱크대에 붙어 서서 먹는다 저녁에는 반은 혼자 서서 먹지만 아침에는 혼자 서서 다 먹는다 혼밥? 저녁에는 식구들이 볼까 가끔 뒤돌아볼 때도 있지만 그냥 먹곤 한다 나도 이슬을 먹은 적이 없고 뱀도 먹은 적이 없고 자전거도 먹은 적이 없다 젊은 날 어느 깊은 곳에서 야학할 때 제자들이 끓여 준 뱀탕을 코앞에까지 갖다 댄 적은 있었지만 입에 대진 않았다

　저녁에는 밖에서 맥주 마실 때도 있지만 중랑천을 소요할 때가 더 많고 맥주 말고 밤에는 더 먹을 것도 없다 간혹 늦은 밤 주방 창밖을 내다보며 땅콩을 씹곤 한다 피로는 오전부터 몰려오지만 믹스커피나 한잔하고 낮에도 밥을 빨리 먹는다 구내식당에서 동료들과 밥을 먹을 땐 천천히 먹어도 빨리 먹고 나서 기다릴 때도 많다 휴일엔 안방 화장실 바닥에 앉아 아주 가끔 걸레를 빨기도 하고 수돗물을 틀어놓고 플라스틱 세숫대야에 떨어지는 수돗물을 구경하기도 한다 담배를 끊으려고 담배를 피우기도 한다 밤이 아무리 길

어도 집에선 절대 술을 마시지 않는다 긴 건 나도 질색이다
누가 긴 시를 읽으랴?

면벽 120
―순간

왼쪽 다리에 침 꽂은 채
한의원 벽 '측인명당도側人明堂圖' 바라보는 순간
쩡하고 천장에 닿을 뻔한 큰 목소리
―사는 게 고달프다!
―사는 게 힘들다!
저건 독백도 아니고 자작극도 아니다
물론 침묵도 아니다
삶의 순간?
삶의 순간!

그러나 끝까지 가야 한다!
아니 다만 거기까지라도!
이건 독백도 아니고 자작극도 아니다
물론 침묵도 아니다
―고달프다 힘들다 그딴 거 말고 천장에 닿을 뻔한 그 큰
목소리가 이미 큰 목숨 아니겠는가!
삶의 느낌표 하나!
삶의 물음표 하나?

면벽 121
—택시

한밤중 빗속의 택시를 타고

한강을 건너고

남산터널 뚫고 갔다 광화문광장 지났고

독립문 앞에서 내렸다

택시 기사와 전직 대통령에 관한 시시한 일화를 나눴다

나도 이제 드디어 맛이 갔다

늙었다

나는 이제 깨끗하지도 착하지도 않다

나는 더 가난하지도 않을 것 같다

나는 너무 먼 곳에 있다

택시 기사는 헤어지면 그만이다

아무리 늦은 밤이라 해도

듣는 사람이 없다 해도 내가 할 얘기는 아니었다

창밖의 어둠의 깊이나 더 헤아릴걸

광화문광장 불빛을 더 헤아릴걸

차라리 담배 한 대 더 피울걸

밤새도록 걷기만 할걸

술 다 마셔버릴걸!

면벽 122
—슬픔의 뿌리

내 슬픔의 뿌리는
신민당 기관지 『민주전선』에 실린 서울대 농대 김상진의 죽음
내 슬픔의 뿌리는
차곡차곡 쌓아두었던 뻥뻥 뚫린 《동아일보》 백지 광고
내 슬픔의 뿌리는
김지하의 「1974년 1월」
내 슬픔의 뿌리는
1972년 10월 유신 그리고 긴급조치
내 슬픔의 뿌리는
내 친구가 간절히 불러주었던 김훈과 트리퍼스의 「옛 님」
내 슬픔의 뿌리는
강원도 주문진 방파제 너머 저 동해 바다
내 슬픔의 뿌리는
1980년 5월 그리고 그해 제적된 대학 후배이며 야학 동료
였던 김○○ 선생!
내 슬픔의 뿌리는
어느 교회 마룻바닥에 무릎 꿇었을 때 어둑어둑한 긴 그림자
내 슬픔의 뿌리는
1987년 유월
내 슬픔의 뿌리는

2014년 4월 16일……
내 슬픔의 뿌리는
2016년 11월 광화문광장
오늘은 이 슬픔이 다시 내 가슴 언저리에 닿는다

면벽 123
—탤런트 김혜자[*]

잘 때도 손을 꼭 움켜쥐었다니
그는 꿈속에서도 잠결에도 생을 놓지 않았다는구려
몽중일여夢中一如
연기하다 너무 답답하면
담배를 꺼냈다 하오
단 한 번도 멋으로 피우지는 않았다고 하였더이다

아프리카 아이들 앞에선 참 많이도 울었다는구려
캄보디아 아이들 앞에서도 생을 쥐어짜듯 살았다는구려
평온한 생을 살기가 참으로 어려웠다 하오
유럽 여행 나섰다가
아프리카로 행선지 급하게 바꾼 것도
양손 꼭 움켜쥐고

다른 생을 너무 많이 살았다 해도
그 생도 오롯이 그의 삶이었다는구려
"저기 연꽃 좀 찍어주세요!"
온몸이 굳은살 밴 것처럼 무지 아픈 것도
온몸으로 살아온 역정歷程이었다 하오
아 담배는 끊었다 하더이다

끝이 보이는 것 같아서 지금이 좋다고 하였더이다
끝을 안다는 것도
생을 안다는 것도
칠십까지만 칠십셋까지만 칠십다섯까지만……
나이를 먹는 것도
세월을 겪는 것도
제 손을 꼭 움켜쥐고 산다는 것이었다 하오

* TV조선 '마이웨이' 중.

면벽 124
—그랜드캐니언

친구들과 미국 서부를 다녀온 아내가
무슨 진귀한 선물처럼 그랜드캐니언을 불쑥 꺼내놓았다

아내는 그랜드캐니언의 사진을 냉장고 문짝과
거실 벽면에 붙여 놓고
오늘도 그랜드캐니언의 저 깊은 골짜기를 오르내리곤 하였다
아내는 한동안 그곳에 있을 것만 같다

아내가 잠시 주방에서 일하는 사이
저 모양도 저 빛깔도 저 침묵도 오래된 무슨 화석 같은
그 옛날 어느 인디언의 붉은 얼굴색 같은
큰 사막 같은
그랜드캐니언의 깊은 적막과 삭막을 다시 바라보았다

어떤 이는 노새 한 마리 앞세우고 가다 길을 잃었을 것이다
어떤 이는 연고도 없이 떠돌다 바위 하나 되었을 것이다
그렇게 또 길이 되고 바위가 되었을 것이다
가슴에 커다란 기표 같은 뻣뻣한 뼈대만 오롯이 남아있는
그랜드캐니언

그랜드캐니언이 그랜드캐니언과 마주할 때

인간이 인간과 마주할 때 가슴 한편이 환해지거나 또 복잡해질 때

이 길도 길이 되었다 사라질 것이다

이 바위도 바위가 되었다 사라지고

저 절벽과 절벽 사이 협곡도

면벽 125
—흑백

돌멩이도 촛불도 든 적 없다
구호를 외치거나
민중가요를 부른 적도 없다
다만 회사는 열심히 다녔고
사무실 후배와 결혼도 했고
동산도 부동산도 늘렸고
그는 단연 돋보였다
술값도 먼저 내고 2차쯤 사라졌다
사라지는 것도 능력이었다

능력이 무엇인지 역사가 무엇인지
그를 보면 알 것도 같다
그를 보면 역사도 능력도
아무도 보지 못하는 곳에 있는 것만 같다
물줄기도 항상 그 앞에선 휘었다

면벽 126
—치킨집 사장님께

맛이 없으면 절대 돈을 받지 않겠다는 치킨집에
어떤 노인이 어린 손주를 데리고 들어왔다
노인은 손주 입에 묻은 치킨 양념을 바라보았고
사장은 치킨 살을 발라주던 노인을 지켜보았다

오늘은 치킨 맛이 별로 없다면서
치킨집 사장은 노인 앞에 서서 고개를 숙였다
이번엔 치킨집을 나오면서
노인이 치킨집 사장을 향해 천천히 고개를 숙였다
"고…… 고맙구려!"

할아버지의 손목을 잡고 놓아주지 않던
치킨집 사장님의 한마디
"죄송합니다 오늘은 치킨 맛이 별로 없었습니다"

치킨집 사장님을 지켜본 사람도 없었고
사장님의 말 한마디 듣는 사람도 없었다

* 《세계일보》 기사에서 발췌(2018. 1. 18.).

면벽 127
—아 얼마나 외로웠을까

집사람 먼저 보내놓고 혼자 사는 초등학교 동창
먼 곳에 있는 듯…… 겨울밤 술 취한 전화
"그냥 술 한잔하다 전화했어"

느닷없이 사별한 사람들끼리 남은 인생 같이 살기로 했
다면서
다짜고짜 어떤 여자를 바꿔줬다
내 친구 잘 부탁한다 말하려다 겨우 멈췄다
머리끝까지 뻗은 뿔 같은 외로움을
서로 부대끼다 보면 덜 외로우리
그냥 머리끝까지 담요 뒤집어쓰듯

—헐! 나보고 주례 서라고?
그래 같이 앉아 밥 먹고 때론 혼밥도 하고
같이 외출했다 따로 귀가할 때도 있을 테고
한 이불 덮고 자도 꿈은 각자 꾸고
남은 인생……
때론 옆에 누운 사람 잠꼬대도 들어주면서

서로 굳은 약속이나 맹세 같은 것도 하지 말고

새 사람 만나 새 출발한다 하지 말고
그냥 가던 길 간다 생각하고……
건성건성 사는 게 그게 사는 것이려니 하고
하 끝까지 간다는 생각도 하지 말고
뭐든 손에 꼭 쥐지도 말고

서로 신경 좀 덜 쓰고 살아볼 것!
그저 저이를 위해 수고한다 생각하고 살아볼 것!
과거를 돌아보지 말 것!
티격태격하다가 남자가 먼저 여자 손을 잡아줄 것!
사는 게
외로운 사람들끼리 손잡았다 풀어놓은 거라고 생각할 것!
다시 한 번 더 손잡는 거라고……

면벽 128
—숫골

　오대산 산마루 저 깊은 암자 마루턱에 좀 앉았다가 주문
진 천주교회 앞마당 거닐다가 그 앞마당에서 등대 쪽 바라
보다 향호리 저수지 쪽도 생각했다
　등대 길 오르다 선친이 젊은 날 교우들과 건축한 그 교회
언덕은 어딜까 돌아보다
　내 유년의 장소 '오대물산' 목재소 자리도 돌아보다 비릿
한 어판장에 들렀다가
　방파제 끝 다홍치마 입은 등대를 껴안고 그 등대 등지고
먼 바다로 떠난 이들을 또 생각한다

　휴대폰 전원 끄고 동해 무릉계곡 반석 위에서 무박 하고
두타나 청옥이나 관음사 오르지 못하더라도 용추폭포쯤 뒤
돌아서다
　중학교 동창 가게 앞 평상에 앉아 마가목 담근 술 한잔
얻어 마시고
　계곡의 수량水量과 바람과 폭설과 삼화사 근황에 관해 몇
마디 나누고 다시 천곡동 감추쯤에서 파도 소리 듣다 동해
친구들과 묵호 등대 길 혹은 용정 숫골 어디 가서 소주 한
잔하고

백석 선생의 평북 정주에 들렀다가 일로 직진하여 평북 남신의주 유동 박시봉방을 찾아가리라

개마고원 기슭 어디 들어가 한 사나흘 네비도 없이 어떤 일정도 없이 돌아다니다 삼수갑산 마을 어귀 남의 집 구석방에서

어느 날엔 산 그림자 죄다 긁어 언덕을 만들고 저 구름도 불러다 산등성이 위에 걸쳐놓고

어느 날엔 눈 더미에 묻힌 앞산 뒷산 끌어당겨 그대 치마폭에 한 획 한 획 떨어뜨릴 것이다

면벽 129
— 뮤지컬 「웃는 남자」

그윈플렌의 외침에서 나는 빅토르 위고를 생각했다
무대 위 불빛에서도 천장에서도
저 보름달 조형물에서도
배우들의 노래에서도 위고를 생각하고 또 생각했다
이 뮤지컬 막간 어디 위고가 다녀갔을까
위고는 웃는 남자였을까
우는 남자였을까

그러나 이 뮤지컬 어디에도 위고는 없었다
뮤지컬 웃는 남자는
위고의 웃는 남자가 아니다
뮤지컬 웃는 남자는
뮤지컬 웃는 남자일 뿐이다
그냥 웃던 남자가 웃는 남자가 된 거 아닐까

여긴 영국 상원도 여왕의 나라도 아니다
여의도 국회의사당도 상위 일 퍼센트를 위한 귀족사회
도 아니다
부자들의 천국도 아니고
가난한 자들의 지옥도 아니다

아니다 아니다 아니다

평등과 정의를 외치던 시국도 아니다
귀족들의 욕망이 꿈틀대던 태평성대도 아니고
그윈플렌과 데아가 살던
17세기도 아니고
좌파 운동권도 아니다
물론 위고가 살던 19세기도 아니다

웃는 남자는 우는 남자
우는 남자는 웃는 남자
웃는 남자는 웃는 남자
웃는 남자는
한 번 더 웃는 남자!
한 번 더 웃는……

면벽 130
―에필로그

현재 노원구 일대 41도의 폭염과 가라앉음과 막연함과 막막함과

둑방길에서 마주친 개 한 마리와 뒤돌아보던 늙은 개 한 마리와

늦은 산책길 더디게 하던 어떤 문자메시지와 기다림과 망설임과

맨발로 걷던 노인과 벤치에 앉아 울던 여자와 이마에 닿던 빗방울과

태국 동굴 소년 전원 구조 뜬 속보와 방탄소년단 유튜브 동영상과

불 꺼진 가로등과 중랑천 세월교 바로 밑의 잉어 떼와 섬세함과

일찍 문 닫은 과일 가게와 텅 빈 카페와 치킨집과 동네 제과점과

분식점과 편의점과 문구점과 족발 가게 이동 차량과 마을버스와

담배와 금단과 욕망과 떠돎과 공空과 허공과 농담과 비웃음과

웃음과 울음과 손 턴 것과 손 털지 못한 것과 이 허공계虛空界와

눈앞의 시를 쓰고 있다는 것과 이 시를 쓰고 있다는 것
과 미발표 시와

이 느낌을 느낌과 시가 오는 순간과 시를 쓰는 순간과
이 직관과

우울과 반성과 회한과 신념과 열망과 절망과 이 상相과
무상과

비대칭과 편견과 쓸쓸함과 쓸모없음과 부재중 전화와 이
침묵과

혁명 그리고 해탈

황정산(시인, 문학평론가)

1. 들어가며

면벽은 벽을 마주하는 행위이다. 벽을 마주하는 것에는 두 가지가 있다. 하나는 수행이고 하나는 사회변혁을 위해 그것을 가로막는 세력과의 싸움이다. 후자가 벽을 깨거나 넘는 것이라면 전자는 벽에 스며들어 자신을 지우는 것이다. 그러므로 면벽은 혁명이거나 해탈이다.

아주 오래전에 김수영은 "풍자가 아니면 해탈"이라고 쓴 적이 있다. 사회 비판과 현실 변혁적 언어가 아니라면 해탈로만이 이 가혹한 현실을 견딜 수밖에 없다는 말이다. 김지하는 이 구절을 패러디해서 "풍자가 아니면 자살"이라고 좀 더 강경하게 변혁적 문학의 당위성을 역설하기도 했다. 김수영에게나 김지하에게나 비판과 해탈은 양자택일의 문제였다.

강세환 시인의 이번 시집의 시 "면벽" 연작들 역시 우리의 일상에서 마주치는 벽들을 생각하며 혁명 아니면 해탈을 꿈꾸고 있다. 하지만 그는 우리에게 선택을 강요하거나 한쪽의 정당성을 강변하지 않는다. 아니 오히려 이 둘의 차이를 무화시켜 우리에게 좀 더 근본적인 사고를 하게 만든다. 혁명 아니면 해탈이 아니라 그는 혁명이면서 해탈인 또 다른 어떤 경지를 꿈꾸고 있다.

2. 벽과 시선

벽은 하는 일이 무엇일까? 그것은 외부로부터 내부를 보호하는 것이다. 그런데 그 침입을 방지하기 위해 무엇보다도 먼저 필요한 것은 외부의 시선을 차단하는 일이다. 이것이 벽의 중요한 기능 중 하나이다. 시선을 차단할 때 이곳과 저곳 사이에는 완전한 경계가 만들어지고 차별과 배제가 이 경계를 통해 이루어진다. 그러므로 면벽을 한다는 것은 바로 이 경계에 저항하는 일이다.

토요일 아침 비둘기는 먹이를 찾고

구름은 바람의 방향으로 흘러가고 있었다

우리는 모두 다른 곳을 보고 있었다

우리는 모두 다른 생각을 하고 있었다

오늘 아침 마실 차 한 잔

오늘 먹을 점심 한 끼

그러나 우리는 한곳을 보고 있었다

광장에서 우리는 모두 하나의 생각을 할 수 있었다

저기 앉아있는 한 사람

그 옆에 또 그 옆에 앉아있는 한 사람

그들은 모두 같은 방향으로 앉아있었다

그들의 시선은 모두 같은 곳이었다

그들의 생각도 모두 같은 것이었다

백만 개의 촛불과

또 하나의 촛불

희망은 희망이 사라진 곳으로부터

절망도 절망이 사라진 곳으로부터

　　　　　　　　　　　　　—「면벽 57—그러나 우리는」 전문

2016년 박근혜 국정농단사태 때의 촛불시위를 다루고 있는 작품이다. 촛불 행진을 막기 위한 차벽을 설치하고 더 이상 넘어오지 못하게 하는 공권력은 저들의 세상을 지키려는 마지막 완고한 저항이었을 것이다. 시인 역시 그 당시의 다른 시민들과 함께 촛불을 들고 이 벽을 응시한다. 하지만 시인은 백만 개의 촛불의 하나됨과 그 힘만을 일방적으로 강조하고 있지는 않다. 시인은 광장에 모인 시민들 앞에 가로놓인 차벽을 마주하고 있지만 그것을 넘어서거나 무너뜨릴 분노와 열기를 모아 백만 개의 촛불을 하나의 횃불로 만들려고 하지 않는다. 촛불을 든 하나하나의 존재들의 삶과 마음속을 생각한다. 그래서 시인은 "우리는 모두 다른 곳을 보고 있었다/ 우리는 모두 다른 생각을 하고 있었다"고 말하고 있다. 하지만 이 개인들의 열망과 꿈이 "그들은 모두 같은 방향으로 앉아있"는 기적을 만들고 비로소 세상을 변화시킬 희망의 에너지가 된다.

그런데 여기서 우리가 눈여겨봐야 할 대목이 있다. 개인의 다름을 이야기할 때 시인은 "우리는"이라는 주어를 사용하여 주관적 시점으로 그 상황을 얘기하고 있다. 그러나 다음 연에서는 "그들은"이라는 주어를 사용하여 객관적 시점으로 바뀌고 있다. 이 미묘한 시점의 변화가 이 시의 요체라 할 수 있다. 나와 그들이 각자의 삶의 다양함과 우리가 모두 하나가 되는 힘이 결코 다른 것이거나 양자택일적인 것이 아니라는 것이다. 그것은 다만 보는 시선의 문제일 뿐이다.

다음 시는 이런 시선의 문제를 좀 더 적극적으로 제기

한다.

2017년 6월 1일 오후 9시
내 오랜 등산로 수락산 귀임봉 능선
산불 재난 안내 문자
물론 굳이 불구경하러 간 것도 아니고
…(중략)…

—저 불은 무엇인가
—저 불은 저 불이 아니다
—저 산은 또 무엇인가
—저 산은 저 산이 아니다
—저 불을 끌 것인가
—무엇이 불에 타고 있는가

누가 묻는 건지 누가 답하는 건지 알 수 없다
—이유는 없다!
산불이든 세상일이든 묻고 답하는 게 아니다
—볼 뿐!

—「면벽 83—산불」부분

우리는 항상 세상일에 답을 구한다. 그것을 서두르다 정작 제대로 보지 못한다. 위의 시에서 산불도 마찬가지이다. 산불은 화급한 것이다. 누군가 꺼야 하고 안 끄면 커다란 재난을 일으키는 것이기도 하다. 그런 위태로움이 우리로 하여금 그것을 보지 못하게 한다. 세상일도 위와 다르지 않다. 마땅히 해야 할 일의 무게와 당장 성과를 내야 한다는 압박감은 내가 누구인지 우리가 무엇인지 지금 우리가 살고 있는 이곳이 무엇인지 알지 못하게 한다. 아니 이런 일상의 압박 속에 사는 우리는 이런 것들을 알려고 하지도 보려고 하지도 않는다.

이렇게 봤을 때 시인이 이 시집의 시들을 모두 면벽 연작으로 이름 붙인 이유를 짐작할 수 있다. 그것은 두 가지이다. 하나는 세상이 우리의 시선을 차단하는 벽을 만든다는 인식이다. 이 벽이 우리의 투명한 시각을 방해하고 삶을 왜곡하고 결국 세상을 어지럽힌다는 인식이다. '면벽'은 바로 이 벽 앞에 선 시인의 거부의 자세가 된다. 또 하나는 스스로 만든 벽을 마주하는 일이다. 그것은 세상의 시선을 차단함으로써 자신의 내면으로 침잠해 들어가는 일이고 그것은 자신이라는 거대한 벽 속으로 스스로 스며드는 일이기도 하다.

전자의 시를 한 편 보자.

돌멩이도 촛불도 든 적 없다
구호를 외치거나

민중가요를 부른 적도 없다

다만 회사는 열심히 다녔고

사무실 후배와 결혼도 했고

동산도 부동산도 늘렸고

그는 단연 돋보였다

술값도 먼저 내고 2차쯤 사라졌다

사라지는 것도 능력이었다

능력이 무엇인지 역사가 무엇인지

그를 보면 알 것도 같다

그를 보면 역사도 능력도

아무도 보지 못하는 곳에 있는 것만 같다

물줄기도 항상 그 앞에선 휘었다

—「면벽 125-흑백」 전문

　위 시에 등장하는 사람은 가장 현실적이고 세상을 살아
가는 데 필요한 능력을 갖춘 사람이다. 하지만 이렇게 사는
것은 모든 것에 완벽하게 벽을 치고 사는 삶이다. 사회의 변
혁에도 학생운동에도 역사와 민중에도 관심이 없고 오직 세
상을 살아가는 데 필요한 돈과 권력과 그것을 손에 넣을 수
있는 요령만이 그에게는 중요하다. 그래서 그는 "아무도 보
지 못하는 곳에 있는 것만 같"이 철저하게 자신을 벽에 가두
고 살고 있다. 그는 다른 모든 것에 시선을 차단하고 세상이

요구하는 가치만 따르면 그만이다. 그 앞에는 커다란 장벽이 놓여 있는 것과 다름 아니다. 이러한 장벽 안의 삶은 "물줄기도 항상 그 앞에선 휘었다"는 구절에서처럼 결국 진실을 왜곡하고 현실의 문제에는 맹목으로 사는 것일 뿐이다.

내면의 바라보는 시선의 문제는 욕망의 문제와 직결된다. 본다는 것은 욕망의 대상과의 거리를 좁혀 내 안에 그 대상을 각인시키는 것이다. 다음 시에서 그것을 발견한다.

나는 본다 창밖의 여자를 본다

자전거 타고 지나가는 여자

담뱃불 붙이던 여자

리어카 끌고 가는 여자

짧은 머리카락 여자

골프채 가방을 든 여자

검은 상복을 입은 여자

반바지를 입은 여자

긴 머리 묶은 여자

짙은 선글라스 낀 여자

모자 쓴 여자

어디서 한 번 만난 것 같은 여자

수락산서 만난 미친 여자

중랑천 산책길에 또 만난 여자

눈앞에 어른거리는 여자

—「면벽 105—여자」 전문

시인이 보는 여자들은 시인이 가지고 있는 욕망의 대리물들이다. "눈앞에 어른거리는"이라는 표현이 그것을 잘 말해준다. 그 여자들을 자신의 시선으로 보고 기록한다는 것은 그 욕망에 대한 정직한 자기 고백이다. 그런데 왜 이런 작업이 시가 될까? 자신의 욕망의 대상을 보고 기록한다는 것은 그것을 욕망하고 있는 자신을 보고 있는 또 다른 시선이 있기에 가능한 것이다. 바로 이 짧은 시에서 우리는 이 이중의 시선을 볼 수 있다. 그리고 그런 자신을 보는 것은 일종의 면벽 수행이기도 하다는 것이 시인의 깨달음일 것이다.

3. 시선과 시 쓰기

벽이 시선을 차단하고 결국 내가 사는 세상과 내 자신마저 제대로 볼 수 없게 왜곡하고 은폐하고 있다면 우리가 해야 할 일은 무엇일까? 벽을 허물거나 넘어가야 한다. 하지만 그것은 비상한 결단을 요구하는 것이다. 강세환 시인은 이런 비장함 대신 벽에 흠집을 내는 다소 소극적 방식을 선택하고 있다.

산책길 또 결정하지 못할 때 도봉산 자락 김수영 시비
쯤 가서

나사 하나 빼놓고 오기

시꺼먼 비닐봉지에 뼈 감자탕 담던 주인한테 말 한마디
하지 못하고

나사 하나 빼놓고 살기

정의 개혁 진보 통일 분노 슬픔 눈물 폭음 불평등 공적
시스템 잊어먹고

그냥 멍때리고 살기

마음 좀 무거울 땐 마음 좀 무거운 채 나사 하나 더 빼
놓고 살기

그 나사도 어디 뒀는지

깜빡 잊고 살기

—「면벽 108―나사 하나 빼놓고」 부분

"나사 하나 빼놓고" 산다는 것은 세상이 원하고 사회가
내게 강제하는 어떤 것을 안 하는 소극적 저항이다. 착하
게 모범적으로 모든 법을 준수하면서 사는 일은 거꾸로 우
리 사회에 단단한 벽을 쌓는 일이다. 올바로 열심히 산다는
것은 훌륭한 일이지만 훌륭한 만큼 그것은 우리에게 억압을
강요한다. 결국 벽을 만드는 일이다. 반대로 이렇게 살지
못하고 어딘지 "나사 하나 빼놓고" 사는 삶은 우리를 옭아
매고 있는 모든 제도와 관습과 규범에 흠집을 내는 일이다.

결국 그것은 벽을 허무는 일이기도 하다. 시인이 시를 쓴다는 것은 세상일에 열심이거나 모범적이지 못하고 나사 빠진 삶에 마음을 바치기로 한 것에 다름 아니다.

　다음 시가 그것을 암시적으로 말해 준다.

　　언제 과음 한번 하자!

　　상계역 골목집에서 술잔만 주고받으면서

　　김수영이나 김종삼도 꺼내지 말고

　　시집 어디서 내야 하나

　　그런 근심도 하지 말고

　　한국문학 남북 관계 걱정하지 말고

　　강원도 글 쓰는 후배들도 꺼내지 말고

　　7080 노래도 부르지 말고

　　팔십 년대 시인들도 그만 하고

　　벚꽃 피는 시기

　　벚꽃 지는 얘기도 하지 말고

　　대선 논평도 하지 말고

　　그냥 술잔만 주고받으면서

　　그냥 술잔만 든 채

　　시가 오더라도 오늘은 좀 조급해하지 말고

　　스마트폰이 울려도 울게 하고

　　당고개행 4호선도 지나가게 하고

그냥 과음 한번 하자!

그럼 한잔 더 마시자!

—「면벽 80–과음」 전문

시인이 술을 과음해야 하는 이유는 세상의 일들을 차단하고 스스로 고립되기 위해서이다. 자신이 평생 해온 시작에 대해서도, 정치 문제도, 하다못해 "벚꽃 피는 시기"라는 자연현상들마저 보지 않고 이야기하지 않고 오직 술만 마시자는 얘기는 세상에 무관심하자는 것은 아니다. 반대로 이 모든 것을 바로 보기 위해 잠시 시선을 거두고 말을 멈추고 지금 자신의 모습으로 돌아갈 필요가 있다는 것이다. 시인이 면벽을 해야 하는 이유가 바로 그것이다. 그리고 그것은 자기 자신에 대한 성찰의 수행이고 시 쓰기의 실천이기도 하다.

이런 시 쓰기에 대한 새로운 성찰을 다음 시가 잘 보여준다.

김수영의 시 「거대한 뿌리」를 다시 읽은 것과

설악산 첫눈 문자메시지 뜬 것과

마을버스 잠시 멈춘 것과

저 운동장 끝 겨울 모과나무 다 털렸다는 것과

붉은 단풍나무 아래 빈 벤치와

불암산과 오대산 북대北臺의 성긴 눈발과

주말 광장 날씨와 예민한 시와

더 예민한 시인과 도저히 수긍할 수 없는 당면한 현안과

한국 현대사와 한국 현대문학과

삶의 무의미함과 무의미한 삶이라는 것과

시인은 이해할 수 없는 구석이 너무 많다는 것과

시인도 그저 평범한 인간이 되어간다는 것과

시가 향하는 곳은 시인 자신이라는 것과

시도 시인도 더 이상 외로울 것도 괴로울 것도 없다는

말씀과

이제 아무도 시와 시인을 거들떠보지 않는다는 것과

그리고 당신의 시 한 줄 같은

첫눈!

—「면벽 59─첫눈」 전문

이 시는 먼저 김수영의 "「거대한 뿌리」를 다시 읽은 것과" "설악산 첫눈"을 병치시키고 있다. 그것을 통해 시에 대한 새로운 깨달음을 첫눈의 새로움으로 대신해 표현하고 있다. 시인의 눈에 보이는 삶은 무의미하고 또한 그는 세상의 비의도 알아내지 못하고 다른 사람의 외로움과 괴로움도 대신해 표현해 내지 못하고 있다. 그래서 시인은 그냥 평범한 사람이 되거나 아무도 거들떠보지 않는 버려진 존재가 된다. 그런데 거기에 바로 시가 있고 그것이 어쩌면 진정한 시라는 것이 시인의 시에 대한 "첫눈" 같은 새로운 깨

달음이다. 시가 말을 하여 무엇인가를 의미하고 또 세상에 대해 어떤 메시지를 강변하는 것이 아니고, 반대로 이 모든 것들을 안 하는 것에서 시가 나온다. 그런데 그것은 왜 그럴까? 그래야 우리 앞에 쳐진 벽을 넘어 어떤 다른 것을 보기 때문이다. 벽에 가로막혀 있던 새로운 시선을 열 수 있기 때문이다.

양구 백자는 말이 없다

양구 들녘도 말이 없다

저 산을 무너뜨려도 말이 없다

굳이 취한 적도 없고

깨어난 적도 없다

울음도 없고

웃음도 없다

그저 잠시 허공 같다

바람도 말이 없다

당신도 말이 없다

나도 말이 없다

누군가의 헛웃음만 같다

어느 남자의 마음 같다

그 마음의 이면裏面도 휑한 빈 그릇 같다

어둠도 더 없고

밝음도 더 없는

커다란 꽃 한 송이 피었다

새 한 마리 날았다

　　　　　　　　　　　　　—「면벽 98—양구 백자 2」 전문

　시인은 양구 백자를 통해 벽을 벗어난 허무와 자유의 상
태를 꿈꾼다. "잠시 허공 같"거나 "누군가의 헛웃음만" 같
이 허망하고 모든 감정의 기복에서부터 자유로운 "휑한 빈
그릇 같"은 상태에 도달해서야 비로소 "커다란 꽃 한 송이
피"고 "새 한 마리" 나는 어떤 시적 경지에 도달할 수 있다
고 믿는다. 그런데 그런 경지는 말이 없는 경지이다. 나도
당신도 자연마저도 말이 없는 상태이다. 말이 없다는 것은
세상을 규정하는 어떤 관점이나 언어에서도 자유롭다는 것
을 의미한다. 그러므로 그것은 우리 앞에 가로막힌 벽을 거
두어내고 그 벽에 가려진 우리의 시선을 새롭게 열어가는
것이기도 하다.
　이러한 시선에서는 보이지 않는 것이 보인다.

　저기 보도블록 길 사이 꽃사과나무 있던 자리

　저기 뒤뜰 살구나무 있던 자리

저기 운동장 끝 배나무밭 있던 자리

저기 언덕배기 노간주나무 있던 자리

저기 길가의 감나무 있던 자리

저기 앞뜰 중국 단풍나무 있던 자리

저기 시골집 마당가 주목나무 있던 자리

저기 담장 너머 가죽나무 있던 자리

저기 저기 포도나무 있던 자리

저기 길가 은행나무 있던 자리

저기 골목길 끝 앵두나무 있던 자리

저기 빈집 백일홍 서있던 자리

저기 큰댁 마당가 오동나무 있던 자리

저기 외갓집 밤나무 있던 자리

저기 퇴곡 고모님 댁 자두나무 있던 자리

이제 그 나무는 그곳에 없고

나도 그곳에 없다

—「면벽 71-기억의 자리」 전문

시인은 이미 사라진 없는 것들을 보고 있다. 아니 없는
것들이 아니라 없는 것들이 있던 자리를 보고 있다는 것이
더 정확한 표현이다. 그런데 있었던 자리를 본다는 것은 그
것의 존재를 다시 환기하는 것이다. 그것은 지금 없지만 없
는 것이 아니라 있었던 것이고 있던 자리로 그 있음을 증명
하고 있다. 시인은 마지막에 "이제 그 나무는 그곳에 없고/

나도 그곳에 없다"고 말하지만 이렇게 말하는 나는 그 어떤 사물로부터도 벗어나 있지만 그 모두를 바라보는 시선을 포기하지 않는 한 이 모든 사물들을 바라보고 있다. 이 구속되지 않는 자유로운 시선이 우리 앞에 가로놓인 모든 장벽을 넘거나 무너뜨린다. 시인은 그것을 통해 세월이라는 시간의 장벽마저 넘어서고 있다.

장벽을 넘어선 이런 자유로운 시선이 이루어낸 시적 경지가 무엇인지 시인은 황진이의 말을 통해 다음과 같이 보여 주고 있다.

나는 누구의 손을 잡은 일이 없다

내 관에 관 뚜껑을 덮지 마라

나는 입에 술을 대지 않았다

나는 스승이 없다

나는 새끼는 물론 지아비도 없다

나는 비석도 없다

나는 시비도 없다

나는 가뭄이 들어도 박연폭포만 흘러내리면 족하다

나는 굳이 벗도 없다

나는 종교도 없다

나는 몸을 팔지 않았다

나는 술을 팔지 않았다

나는 나를 팔지 않았다

나는 시를 팔지 않았다

—「면벽 101–황진이 특집」 전문

　모든 사회적 관계나 명예 또는 종교나 자본으로부터도 자
유로운 존재가 되어 거침없는 시선으로 세상의 본 모습을
바라보고 새로운 세계를 꿈꿀 수 있다면 그것으로 족하다는
것이다. 이것이 바로 강세환 시인이 수십 편의 "면벽"을 통
해 얻은 시의 경지이다.

4. 맺으며

　"풍자 아니면 해탈"이라는 명제처럼 시는 현실 변혁의 도
구이거나 아니면 초월적인 도피의 수단이라는 이분법이 존
재하는 것이 사실이다. 우리의 삶을 억압하고 우리의 시선
을 가로막는 장벽을 벗어나기 위해서는 장벽을 허무는 혁
명이거나 그것을 넘어서는 초월이 필요하다. 하지만 시 안
에서 혁명과 초월은 결코 양자택일적인 것이나 이율배반적
인 것이 아니라는 것을 강세환 시인의 시들이 말해 주고 있
다. 장벽 허물기와 장벽 너머 세상을 보는 자유로운 시선을
회복하는 것 그것이 바로 강세환 시인의 시들의 빛나는 성

과이다. 혁명이 아니면 해탈이라는 명제는 잘못되었다. 시는 혁명이며 해탈이다. 강세환의 시들이 그것을 말해 준다.